KB152909

믹스커피가 달달하다

김문수

믹스커피가 달달하다

김문수 시집

차례

제1부 복숭아 계절

제2부 믹스커피가 달달하다

제3부 새들의 우체통

제4부 봄날의 꽃계좌로

해설

제1부

복숭아 계절

어머니의 하얀 손수건

연락선을 타고 며칠을 걸려
찾아간 외할아버지 댁
전라남도 고흥군 초도
구렁이는 담장을 넘어가고
발가벗은 사촌들은 헤엄을 쳐 미역을 끌고 와서
국정이는 나에게 먹어보라 건넨다
그리고 나를 바라본다
연락선을 타고 울산으로 돌아오는 길
뱃머리에 서서 어머니가 하얀 손수건을 흔들며 우신다
외할아버지를 바라보시며, 할아버지가 작은 점처럼 보이지
않을 때까지
왜 우는 거야?
나이 서른 한양 가는 길 집 떠나던 길
주머니 속 꽃 손수건
꽃이 떨어지는 이유를
눈물이 떨어지는 것을 그때에야 알았다

엄마 생각

새벽 정지(부엌)에서 도마 소리가 난다
나는 아궁이 한 귀퉁이에 쪼그리고 앉아 엄마를 본다
일찍 일어나 엄마를 실컷 볼 수 있는 날이 젤로 좋다
엄마는 추운데 방에 가서 더 자라고 하신다
나는 "잠 안 온다, 다 깼다" 한다
울 아버지, 울 언니, 남동생은 모두 막은창(귀가 먹은 것)처
럼 잘도 잔다
엄마는 혼자서 아침밥을 하는데
아버지는 아침밥만 먹는다
"아버지는 밥 안 해"
나는 잠이 안 온다 혼자 있는 엄마 생각에
똑딱 똑딱 도마 소리에

명품 동탯국

늦둥이 남동생이 장인 어르신이 젊어서 입던 거라며 명품 버버리 재킷을 받았다
몸에 꼭 맞고 유행도 타지 않고 색깔도 고상해서 마음에 딱 든다고 한다. 집에 가서 어머니께 장인으로부터 물려받은 명품선물이라며 옷 자랑을 하자 어머니는 못마땅한 얼굴로 "입다가 놔둔 걸 뭐 할라고 얻어 입노, 버버리는 또 뭐고, 멩품이 뭣꼬?" 하신다.
명품이라고 한 벌 사 입지 못하는 아들이 못나 보였는지 애꿎은 재킷을 장 속에 넣어버리신다. 하시며 냉장고에서 동태 한 마리를 꺼낸다. 동태 머리를 자르며 오늘 저녁은 무 동탯국 시원하게 끓여서 먹자시며 동태 눈알을 쏘옥 빼신다.
"어머니 동탯국이 명품 동탯국이지요, 시원하겠다." 아들이 큰 소리로 웃는다.

오일장표 브래지어

퇴근하고 집에 오니 소파에 잘 마른 빨래가 가득하다. 기분이 좋지 않은 날은 빨래를 소파에 올려두고 나에게 개키라는 무언의 암시로 표현한다. 38도에 육박하는 불볕더위 속에 사무실 통유리 속에 갇혀 절전 비상이라 에어컨도 못 틀고 벙어리처럼 일만하다 온 걸 생각하니 아내에게 섭섭한 마음이 들었다
아내는 날씨도 덥고 입맛도 없으니 매콤한 비빔면이라도 먹자며 인스턴트 비빔면에 열무김치 썰어 비며 내민다. 비빔면을 때려 비벼가며 입속으로 쑤셔 넣으며 눈물, 콧물 땀이 매운맛과 범벅이 되어 흐른다
문득 개키다 만 빨래 한 켠에 아내의 브래지어가 눈에 들어와 손에 들고 보니 비너즈라는 오일장표 오천 원짜리 한쪽이 방구가 나 있다. 순간 아내와 눈이 마주치자 입속에 가득한 비빔면이 터져 나오며 둘이 땀범벅인 얼굴로 깔깔거리며 웃는다

IMF 쌍꺼풀 수술

적금 부어 모은 돈 예뻐지고 싶어서 굴뚝같은 마음으로 쌍꺼풀 수술을 했네. 자고 일어나보니 퉁퉁 부은 얼굴에 세상은 IMF 터졌네. 나라가 난리법석 TV에서 있는 놈들 이미 돈 다 빼먹었네. 왜 하필 내가 쌍꺼풀 수술하고 난 아침에 IMF가 터진 거라 푸념했더니 누님이 쌍꺼풀 수술 안했으면 IMF도 안 터졌을 거라 신식 좋아하는 탓이라. 화를 돋우네.
갑자기 상경하신 아버지 딸 얼굴 보시며 "어디 아프니 눈이 이상타" 하시네.
"예뻐지려고 쌍꺼풀 수술했어요." 말해도 아버지 알아듣질 못하시네. 이상하게 고개를 저으시며 방으로 들어가시어 어머님께 전화하시네.
"임자 아무래도 우리 딸이 어디 많이 아픈가 보다 아무리 봐도 눈이 붓고 뻐끔하게 들어간 게 전에 얼굴이 아이네, 전에 얼굴이 아이네." 하시네.

니가 소가

제주 중산간 산골 마을에 추석을 보내시러 아버지가 오셨다. 심심하셨는가 보다 어머니께 “여기서 일 년 만 살면 죽겠다.”라고 하셨단다.
마흔을 훌쩍 넘긴 딸이 혼자서 산중 생활 잘하는 것이 이상하신 모양이다.
팔십이 되신 아버지는 아직도 자전거를 타고 사람들 속을 누비고 다니셔야 세상 사는 맛이라 하시며 “니는 여가 뭐가 그리 좋노.” 물으신다.
“풀이요 바람에 쓰윽 쓰윽 거리는 풀 보는 재미요.” 아버지가 니가 소가 하신다 나는 소처럼 웃는다. 내년 추석은 소가 아닌 사람이 되어 아버지 집으로 가야겠다. 길 건너 목초들이 길게 목을 빼며 바람에 쓰르륵 답을 보낸다.

아버지와 손톱깎이

나에게는 손톱깎이 세트가 네 개 있다
말 없으신 경상도 아버지 서울로 공부하러 갈 때 짐 가방에 툭 하나 던지고 가듯이
"손, 발톱 잘 깎고 다녀라 손, 발톱이 단정해야 한다." 하시며 건넨다.
직장을 옮겨 타지로 갈 때마다 저 먼 나라 캐나다로 갈 때에도
아버지는 언제나 손톱깎이 세트를 짐 가방에 넣어 주신다
"이거는 신형이라 더 좋은 거라 손톱깎이, 발톱 깎기 따로 들어있다 하신다."
쇠로 만든 작은 기계, 엄지와 검지로 누르니 탁하고 튕겨 나가는 발톱 속에
아버지 발톱이 궁금해지는 밤이다.
올해 내 짐 가방 속에는 또 어떤 최신형 손톱깎이 세트를 주실지 기대가 된다.

물 들었네

80이 넘은 우리 엄마는 아이처럼 살방살방 이방 저방 건너다닌다.
밥을 먹을 때도 왼다리를 세워 앉아야 하며 반찬끼리는 절대로 붙어 있으면 안 된다는 철칙이 있다.
제사상, 차례상에 나물반찬 놓을 때도 콩나물, 무나물, 시금치나물, 고사리나물은 각자의 고유한 성질에 따라 각각의 찬합통 속에 들어 상에 올려진다.
노인네 까탈스럽기는 80이 넘어도 여전하시다.
온 식구 상 앞에 모여앉아 다과를 먹는 중 어린 조카 녀석이 사과를 먹지 않는다.
추석이다 할머니도 우리 엄마랑 똑같으시네 엄마랑 닮았어요, 한다.
왜 안 먹느냐고 이유를 물어보자, 사과와 배가 한 접시 안에서 서로 닿아 섞여서 맛이 없다고 한다.
닿기만 해도 섞인다. 가족끼리 손잡고, 만지고, 업어주니 닮았구나.

닿기만 해도 물들었네.

살방살방 이방 저방 건너다니던 우리 엄마

하모 하모(그럼 그럼) 한다.

거미줄 사랑

똥구멍으로 쏴 대는 저 줄, 어지럽게 쏴대는 은줄 목숨 줄
얽히고설켜 있어도 질기게 연결되어 있으니
줄을 타고 올라가고 줄을 타고 내려오듯이 묶여 있는
너와 내가 거미줄 사랑
거미줄에 걸려드는 월급봉투 뜯어서
아기거미 엄마거미 아빠거미 신이 나서
오늘도 똥구멍으로 더 세고, 더 길게 거미줄을 쏴댄다.
총총하게 뜨개질하듯 수놓아져 있는 거미줄 가족

학도병 출신 아버지

학도병 출신 아버지가 오셨다.
작은 돌집을 고쳐 지내시도록 공간을
마련해 드리자 막내딸 덕분에 제주도에
별장 하나 가진 거라 좋아하신다.

이튿날 태풍이 지나간다는 소식에 긴장감을 멈추지 않고 아버지 뉴스를 듣고 계신다.

밤새 200m 이상 비가 강풍과 함께 돌담을 때려대며 뿌려대자
아버지 혹시라도 작은 돌집 날아갈까 봐
이리저리 둘러보시며 밤새 보초 서신다.

6.25전쟁 때 열일곱 학도병으로
청룡 무궁훈장 받았다며 83세의 아버지는 태풍 치는 명예롭고 꿋꿋하게 막내딸 집을 지켜주셨다.

복숭아 계절입니다

88세 되신 어머니께
오늘은 무슨 계절입니까?
매일 아침 문안 인사처럼
계절을 묻는다.

어제까지 여름입니다, 라고 하시더니 어머니
여름이라는 단어를
오늘은 잃어 버리셨다.
얇게 썰은 물컹한 복숭아를
오물거리며 드시다
조금은 미안하셨는지 딸을 빤히 쳐다보신다.
어머니 애쓰시며 단어를 끄집어내어 우물거리시다 뱉어 내신다.
내가 계절이 어느 계절인지는 모르겠지만
"복숭아 계절입니다." 하신다.
네, 어머니, 여름은 복숭아 계절입니다.

소금을 갈다

나는 요리사다. 매일 무염으로 식사를 하고 소금 병을 늘 담고 다닌다. 아버지는 어릴 적부터 소금밭에 나가서 쟁기를 밀어가며 소금 꽃을 피웠다. 중국산 소금이 쏟아져 들어오며 국산 소금 값이 반 토막이 나고, 하나 둘 소금밭을 버리고 떠날 때도 아버지는 맨발에 따끔거리는 소금밭을 눈밭처럼 밀고 다녔다. 소금이 지겹다며 무염으로 국을 마시는 막내아들을 보며 아버지는 짜디짠 국을 들이 삼키시며 소금이 짜질 않고 쓰다 하신다. 아버지는 소금기 가득한 바다 하얗게 갈아 올려지는 소금 바다는 매일 소금을 맷돌로 갈아내며 뭍으로 보내진다는 전설 같은 이야기만 중얼거리신다. 천일 국산 소금을 트럭에 실으며 등짝은 또 왜 이리 따끔 거리는 지 소금이 땀에 절여진다.

나는 아버지를 향해 소리친다. 내 소금 값 짭짤하게 받아올게요. 내 아버지 바다 품삯. 나는 요리사다. 매일 무염으로 식사를 하고 소금 병을 늘 담고 다닌다.

엄마는 꽃송이 같다

엄마는 집 뒤 언덕배기
빈 땅만 있으면 식구들
먹거리 심겠다고
콩이랑 고구마를 심었다.
부지런한 엄마
이른 아침마다
풀을 얼마나 잘 뽑으셨던지
언덕에는 풀 한 포기가 없다.

콩과 고구마는 줄기를 뻗어
언덕을 비비며 기둥삼아
잘도 올라간다.

언덕을 오르는 힘이 엄마 같다.
고구마도 꽃이 피는구나.
꽃이 나팔꽃 닮았어요.

시집온 베트남 며느리
꽃을 꺾어 시어머니 머리에
꽂아 드리며 서투른
한국말로 말한다.
"엄마는 꽃송이 같다."

금악리 억새

금악 안개 속에 누워 있는 억새는 풀 먹는 말소리에 일어났다.
눈을 비비며 스르륵 일어나는 너는 담요를 접고 일어난 흔적을 지우고 있었다.
소리는 없어지고 움직임도 보이지 않았다.
너는 또 짐을 꾸려 떠나며 하루를 시작한다고 했다.
너무 가까이 있다 부딪친다. 조그만 소리에 머리가 다 뽑혀 버린다 멀리 있으라 했다.
그늘에 있을 때 저 은색은 더 짙게 빛난다.
햇볕 아래 맥을 못 추고 있는 너는 그늘 옆 들 속에서 빛을 냈다.
울고 있다고 했다.
왜 우느냐고 물으니
다 떨구고 가기 위해서 운다고 했다.
한 톨의 씨도 남기지 않고 모두 땅에 떨구고 가는데 어찌 울지 않겠느냐고 했다.

순간 터진 내의 사의로 남아 있는 잔털마저 모두 털어내며
말들과 맨몸으로 서 있었다.
너는 더 이상 보이지 않았고 환한 아침이 왔다.

봄의 수다

자전거를 타고 예래동 벚꽃 길을 달린다.

느닷없이 바람에 벚꽃 잎이 자전거 뒤 안장에 앉는다.

아찔하게 허리를 감싸 안으며 "시간 좀 있느냐고" 수다스런

아줌마 마냥 말을 걸어온다.

자전거는 더욱 신나게 멀리 달아난다.

자꾸만 수다스런 말을 떨쳐 버리려 페달을 열심히 밟아도

벚꽃 잎은 머리에 등 뒤에 볼에 붙어 따라오며 말을 건넨다.

"얘 벚꽃이 밤 가로등 불빛 속에 하얗게 보이는 것 아니?"

"이 길에는 밤이면 예쁜 수다쟁이 공주가 하늘에서 벚꽃을

뿌리며 타고 내려오는 거 본적 있니?"

수다쟁이 벚꽃은 자전거에 걸터앉아 내 허리를 휘어 감으며

자꾸만 어지럽게 말을 붙인다.

"내 말 듣는 거야." 귓불을 때린다.

아프다 벚꽃 잎이 나의 자전거 바퀴가 휘청거린다.

벚꽃의 수다 소리에 자전거 핸들을 잡은 두 손이 공중에서
바람과 함께 꽃 속으로 처박힌다.
이상한 봄날이다.

금 나와라 뚝딱

처음 깨 농사를 해볼까? 밭 한쪽에 참깨를 뿌렸다.
깨를 심은 뒤 비가 오는 날이면 청개구리처럼 울어진다.
땡볕에 깨 속을 들여다보니 요놈의 꿀벌들이 궁둥이를 처박
고 꿀을 빨아 먹고 있다.
심술이 발동하여 참깨 꽃을 닫으니 깨꽃 속에서 꿀벌이 꽁지
와 날개를 파닥거리며 윙윙거린다. 나도 윙윙 벌처럼 논다.
깨 타작이 있던 날 신났다. 나는야 신나게 깨를 한없이 두드
리니
깨가 와르르 와르르 금돈처럼 쏟아진다.
금 나와라 뚝딱뚝딱
더 신이 나서 깻단을 거꾸로 뒤집어서 메어치니 아우성치며
깨 먼지가 아지랑이처럼 콧속으로 날아든다.

백숙 먹는 날

폭염이 계속되는 중복에 찌그러진 물주전자 옆에 차고
땀범벅이 된 남편은 마늘 모종을 심는다. 신형 자동차를 타고 씽씽 지나가는 허 씨 가족들은 자동차 속에서 냉방기 빵빵 틀어놓고 노래한다. 여름은 젊음의 계절 여름은 사랑의 계절 노래한다.
땡볕에 데워진 주전자 뚜껑 위로 물을 벌컥벌컥 마시며 아내는 손등으로 얼굴의 땀을 훔치며
한 땀 한 땀 깁듯이 파종한다.
"우리 저녁에는 닭백숙해서 먹을래. 통통하게 닭 뱃속에 마늘이나 듬뿍 넣어 팔팔 끓여 먹어봅시다."
남편을 바라보며 웃자 꾹꾹 누르던 마늘 꼭지 위로 닭백숙이 후루룩 날아다닌다.
신형 그랜다이저는 우리 곁을 다시 지나자 남편의 손에서 껍질 채 쌓여 심던 마늘의 매운맛이 달리던 허 씨 가족들의 스마트폰 세상으로 찍혀 들어간다.
마치 관광 상품처럼

녹두 색시

때려야만 떨어지는 참깨가 아니라
달래고 어르고 곱게 매만져야만 떨어지는 녹두는
콩 이름도 도도하여 강낭콩도 완두콩도 아니라 고고한 녹두로다.
나의 예쁜 아내는 뙤약볕 아래 매는 콩밭보다 더 힘든 일이 녹두를 꺾는 일이라며
숙인 허리춤 사이로 꽃무늬 팬티를 보이며 아내는 투덜거린다.
"요놈의 녹두는 하도 예민해서 살짝 툭 건드리기만 해도 녹두 콩들이 파다닥 성깔 있게
내 손에서 땅바닥으로 튕겨져 쏟아진다."
그러자 녹두가 말을 한다.
"밭주인 색시님, 최대한 허리를 숙여 예의를 갖춘 태도로 공손하게 나를 대해 준다면
색시 손안에 쏘옥 들어가리다."
아내는 이놈의 허리는 숙이라고 생긴 것이네. 집에서도 밭에서도 허리 펼 날이 없구나.

녹두만 바라본다. 녹두야 녹두야 녹두 콩이 떨어지면 우리 색시 울고 간다.

제2부

믹스커피가 달달하다

귀지가 꽉 찬 나무

나무에 귀지가 꽉 차 있으면
바람의 소리들이 지나가지 못한다

바람의 소리들이 지나가지 못한 나무는
저 생각으로 가득 차 있다
바람이 없는 나무에는 새들도 날아 앉지 못한다
나무는 그렇게 저 혼자 바람 없이
들판에 서 있으면 지나가는 꽃씨도
손을 잡지 않는다

녹두 스캔들 1

어느 땡볕이 쨍쨍한 여름 낮 녹두에게 자두 양이 말했다.
"녹두야, 너 나랑 사귈래?"
녹두가 어이없는 표정으로 자두 양을 바라보며
"자두 넌 너무 물라."라며 거절한다.
그러자 자두 양이 녹두에게
"녹두, 잘난 척 하기는, 녹두 너의 다른 모습이 무엇인 줄 아니? 사람들이 너를 뭐라고 부르며 수군거리는 줄 아니? 너는 숙주야, 숙주, 잘 변하는 숙주나물, 나물이라고 콩나물도 아니고
나는 몰랑하고 달달해서 사람들의 입속으로 쏘옥 빨려드는 자두 맛이라도 있지."
녹두가 자두 양을 빤히 쳐다보며 말한다.
"그래 맞아 나는 쉬이 섞어지지 방부제와 친구를 맺지 않고 스스로 섞어 흙의 거름으로 돌아가는 것이야, 그래도 나는 표리부동 하진 않거든. 너처럼 한입에 물고 나면 주변에 날파리 떼가 날아 붙지도 않고"

이봐, 자두 양
그래도 내가 콩나물 보다 값이 더 비싼 건 알지? 그래서 내가 좋은 거지.
녹두 결혼 전
자두의 앵두 같은 구애로 녹두와 결혼을 했네. 녹두는 매일 뙤약볕 아래에서 햇볕을 맞으며 녹두 콩을 익힌다. 자두는 시원한 나무에 매달려 오가는 사람들 눈에 띄기 위해 붉게 더 붉게 자신의 속을 익히며 땡볕에 쪼그리고 앉아 일하는 녹두 신랑을 보며 어리석다는 듯 "여보 대충 익고 떨어져요." 한다. 녹두는 그런 자두의 말을 들은 둥 마는 둥 묵묵히 일하네.
가뭄 오십일 동안 새똥만 한 비 한 방울 떨어진 가뭄에 자두는 숨이 턱까지 차 목이 마르다며 녹두 신랑의 품으로 떨어져 안긴다. 고지식하게 잘 여문 녹두는 녹두 콩으로 변하여 자두를 꼭 품에 안아주며 귀에 대고 속삭인다.
"니 새똥 같은 잔머리 굴리지 마라."

녹두 꼬맹이 2

비야 비야 하늘에서 내려주라, 녹두 좀 안 따게. 비닐포대 한 개들고 녹두밭 고랑을 따라가며 녹두를 딴다. 내 고랑을 따라 잘 익은 녹두콩을 따다 훔쳐본 옆 고랑 굵은 콩 자리만 골라서
이 고랑 저 고랑 뛰어다니며 따다 슬쩍 따놓은 우리 언니 녹두콩 몇 줌 훔쳐다 내 푸대(자루)에 넣으며 두둑하다.
우리 아버지 막내딸 푸대 보시며 "어이구 우리 딸 잘 딴다, 잘 따. 착한 거." 하신다. 한 고랑 건너편 우리 아버지 녹두콩 한줌 내 푸대에 담으시며 몰래 웃으신다.
우리 언니 나는 콩 따기 싫어라 녹두가 미워라, 하며 여덟 살 난 나는 밭 한가운데에서 하늘을 보며 두 손으로 팔닥팔닥 빈다. 비 내려 온다. 비 내려 온다. 하늘에서 비 내려 온다.
비야 비야 녹두밭에 내려 주라 녹두콩을 따지 않고 나를 좀 놀게 해 다오.

똥파리

쪼그리고 앉아 바구니 세 개 나란히 세워놓고 작은 손으로 마늘을 굵은 놈, 중간 놈, 못난 놈, 파치를 골라 담는다. 삼복 더위에 그늘도 없는데 마늘이 그늘이다. 아내는 비닐하우스 안에서 작업을 하니 숨이 턱까지 차다며 이 마늘 파치 새끼는 어찌 이리 나처럼 못났을까 하며 궁시렁거린다. 똥파리 한 마리가 윙윙 거리며 날아다닌다.
라디오에서는 마늘 가격이며 농산품 가격이 폭락하여 서민들 아우성이라는데 그놈의 돈은 다 똥파리가 가져갔나.
울화가 치밀어 마늘 바구니를 들고 비닐하우스 밖으로 나오니 우리 소 엉덩이에 똥파리 새끼들이 붙어 있다. 찰싹 소 엉덩이의 똥파리 새끼들을 때리다 영문도 모르는 우리 소가 킁킁하며 나를 쳐다본다. 눈가의 주름이 화끈거린다. 이놈의 똥파리 쇄기(새끼)들이 세상을 더럽힌다, 말이야. 금성이라 적힌 덜덜거리는 구형 선풍기를 발로 차니 덥덥한 바람이 아내에게로 간다.

깨를 베며

지구 온난화의 영향으로 열을 많이 받아 깨가 잘 여물지 못했다며 일요일 새벽부터 깨 비러 오라며 어머니 성화가 대단하다. 이른 아침 신랑과 몸빼 바지 차림으로 깨밭에 나타나자 아버지, 어머니 깨처럼 검게 익은 얼굴에 웃음이 와르르 와르르 쏟아지신다.

엉덩이에 원숭이 궁둥이 벌겋게 달아오른 것처럼 앉은 방석 도구를 끼우고, 난생처음 낫이라는 것을 잡고 깨밭에 앉으니, 깨꽃 몇 개가 아침 햇살을 막아주며 흔들거린다. 신랑은 낫을 든 아내에게 미안한 마음이 들어 낫질하는 방법을 가르쳐 주며 힘들면 한 시간만 베고 가라고 귓가에 대고 얘기한다. 가만히 깨를 베다 어머니 깨 비는 모습을 분석해가며 이리저리 여러 방법으로 해보다 드디어 나름대로의 낫질을 터득했다.
싹싹 더운 폭염 속에 각자의 깨밭 속에 들어가 묵묵히 일하는 모습에 가슴이 먹먹해진다.

요놈의 깨가 낫의 힘이 조금만 세면 주르륵 주르륵 깨가 떨어질 때마다 에그 이 아까운 것, 깨밭에 다 떨어지겠다. 가슴이 콩닥콩닥 등줄기에 비지땀, 식은땀이 줄줄 흐른다. 혹시나 어머니 볼까봐 두리번거리니 "얘야 깨 떨어져도 달린 깨가 더 많으니 걱정 말거라."
하시며 밀짚모자에 선글라스 끼고 깨 베는 막내딸을 대견하게 바라보신다.

컵라면

천 원 한 장에 이렇게 뜨끈할 수 있을까? 천 원 한 장에 상대의 온몸에 뜨겁게 입김을 불어넣을 수 있다면 인스턴트 즉석 사랑이면 어떠하려구
해발 1700고지 한라산 윗세오름에 오르니 컵라면을 먹으려고 학생들이 줄을 지어 서 있다
한참을 줄을 서 겨우 컵라면 한 개를 받고 돈을 내밀자 주인아저씨가 라면 값을 받지 않겠다고 한다
몇 달 전 봉사활동 와서 나를 본 적이 있다며 막무가내로 돈을 도로 내미신다
컵에 물을 부으면 언제나 밀가루 반죽처럼 부풀어 올라 후루루 컵라면 한 개면 우울한 기분이 싹 달아나 버리게 하는 컵라면
그런 컵라면을 해발 1700고지에서 공짜로 먹어보니 뜨겁다
가슴이 공짜와는 거리가 먼 인생이라 생각하며 살았는데 우리나라 최고봉 한라산에서 웬 떡이라 공짜 컵라면 하나에 이렇게 얼굴이 붉어지며 뜨거워질 수 있다는 걸 얻었네

내일은 나도 너에게 뜨끈한 물 가득 부어 공짜 컵라면을 건네 볼까 하며 산을 내려왔다

콩난의 선거권

숲에게 선거권이 주어진다 맨 먼저 영실의 대표 오백장군의
선거권
두 번째 곶자왈의 대표 콩난의 선거권
세 번째 중산간의 대표 안개의 선거권
네 번째 주변 섬들의 대표 비양도의 선거권
다섯 번째 바다의 물고기 대표 자리와 한치의 선거권
여섯 번째 농산물의 대표 양배추의 선거권
일곱 번째 축산의 대표 제주 흑돼지와 곶자왈에 방목한 말
들의 선거권
여덟 번째 가장 오래되고 수 억만 년 전 지구 땅속 뜨거움을
묵묵히 이겨낸 제주 지질공원의 선거권
마지막으로 설문대 할망의 치마폭에서 흘러나와 봉긋봉긋
산이 된 오름들의 선거권
이렇게 자연에게 본래의 생물에게 선거권을 만들어 주자
자연이 지구의 주인이 선거할 수 있는 나라
바람이 말할 수 있는 세상 그렇게 조각배를 띄워 주자

달빛에 배꼽을 맞추네

속내의를 갈아입다
베란다 창문으로 햇살처럼 들어오는 달빛 아래
비친 가슴 부끄럽네 달빛에 감긴 옷처럼 마음이 내려오지 못
하네
속살을 보였으니 가슴은 달빛 달빛 환한 달빛 배를 비추네
배꼽을 비추네 배꼽 배꼽 비추네
현기증, 하마터면 배꼽을 맞추자 할 뻔했네
달과 지구의 합궁 슈퍼문

발바닥 사랑

오르며, 내려오는 길
밑받침이 되어준 돌멩이 고맙다
돌멩이마다 얼굴이 있네 관상도 있네
말을 건네면 웃기도 하고 울기도 하네
발바닥 사랑님 발바닥 닿는 열기 얼굴이 화끈화끈
모르는 발바닥 알 수 없는 발바닥 짝사랑 발바닥
백록담 가는 길 구멍 숭숭 현무암 밑창이 되고 깔창이 되네
발바닥 어디에 또 하나의 관절이 되어 있네
바람 숭숭 뚫린 발바닥 관절
앉아봐, 발바닥 사랑이네

내 주먹만 한 가을

오는 가을 막을 수도
가는 가을 잡을 수도 없듯이
너 또한 그러하네
날아서 달까지 갈 수도 없고
달에까지 닿을 수 없듯이
너의 손등에 닿을 수 없는 나의 작은 손

손바닥을 펴면 달도 만질 듯 가까운데
너의 손등은 달에도 비치지 않으니
어디에 우주 억 만 리 지구별 밖에 있을까
자꾸 오는 가을
내 주먹만 한 작은 손에 눈을 비빈다
가을이 그립다

끝물 간 모과

은행을 나서다 도로변에 작은 플라스틱 바구니에
끝물인 것 같은 볼품없이 익은 모과를 놓고
팔고 있는 할머니가 있다
그 옆 좌판에는 고구마 콩 얼갈이 배추며 제법 잘 차려진
밥상처럼 벌려 놓고
팔고 있는 할머니가 또 있다
두 좌판이 비교가 되니 마치 대형마트와 동네점방 같다
모과 한 소쿠리에 이천 원이라 해서 사천 원을 주고
두 소쿠리를 샀다

차 안에 앉자마자 모과를 한입 앙 물었다
아, 이 시큼함 큭 퉤퉤 모과는 먹을 수 없을 정도로 안이
시금털털해가고 있다
후다닥 속은 기분이다
돈 물어달라고 가려다
끝물처럼 검버섯 핀 모과와 할머니의 검정 봉지는

서로 닮았다 나도 닮았다

그리 생각하자

그 모과는 그냥 참 좋았다

봄의 정원

나의 봄의 정원으로 오실래요
단 오전 10시 30분이 되기 전에
와야 해요

정원엔 항상 사람들이 넘쳐나요
노랑 아기
분홍 소녀
연둣빛 소년들로 빛나지요
놀라지 마세요
자세히 보면
은빛의 할머니도 빛나고
있답니다
이곳은 Drive thru(through)를 통해
맥모닝을 대접해 줄게요
아 여긴 미국이냐고요
노노 아니에요

서귀포라고 해요
아래엔 아름다운 바다와 해녀를 만날 수도 있어요
오세요
나의 봄의 정원으로
늦지 마세요

홍가시나무

봄이다
붉은 빛이 나무에서 쏟아져 나온다
어디서 저런 열정이
만들어졌는지

매 해 봄만 되면
저리 붉은 빛으로 쳐들어오니
그 기운이 부럽기만 하다

내 몸 여기저기에는
검붉은 점만 늘어나는데

내년 봄에는 나도
저 홍가시나무처럼
온몸에 붉은 싹이 돋아나
홍역이나 한번 앓아 봤으면 하겠다

깨어나소
붉음의 봄

동백

신흥 2리 동백꽃을 보러 오니 집집마다 동백꽃 나무
한 그루씩 안고 있네
모르는 집 마당에 짐을 풀고 앉아 있으니 갑자기 툭 하며
어깨에 떨어지는 동백씨앗 소리
앗 뜨겁다
자꾸자꾸 내 속으로 들어오는 봄의 씨앗 툭 건드린다
내 속에 숨은 봄을 내년에는 내 어깨에서 동백꽃이 피겠다

무꽃도 퍼진다

이른 아침 투표하고 오는 길
목장에 무꽃 장도리 꽃이
가득 피었네
옆에서 풀을 뜯고 있는
얼룩빼기 젖소 입가에도
엉덩이에도 무꽃이 퍼져 있네

퍼져라 퍼져라
간지럽게 번져라

번져라 번져라
얼룩무늬 젖소 엉덩이에
왕창 무꽃이나 피어나라

이주 노동자의 비빔밥

밤바다 달
비벼서 먹는다
이런 것 저런 것 섞어 비빈다
비빔밥
밤과 펄럭펄럭 거리는 깃발
새벽 3시 이주 노동자 비빔밥을 먹는다
그물에 걸린 조기 새끼 두 마리가 헐떡거리며 튕겨져 나
온다
달빛에 빛나는
그물과 깃발과 조기가 한 몸뚱이로 비빈다 비벼
비벼서 먹는다
짠 땀
짠 눈물
짠 그리움
비벼서 먹는다
짠 비빔밥

떡판 꽃

나는 어릴 적 별명이 화떡이다.
꽃 화자에 얼굴이 떡판처럼 넓다하여 화떡이라 불리게 되었는데 그 별명에 시큰둥, 나는 별다른 대꾸를 하지 않고 지냈다.
우리 동네에는 일곱 명의 떡들이 있었고 성을 따서 강떡, 양떡, 김떡, 고떡, 이떡, 그리고 나 화떡이다. 그래도 나는 5위 순위 안에 드는 통에 떡판끼리 모일 때면 랭킹 5위라며 자랑을 했다.
화떡이라는 별명 덕분에 20대 초부터 줄곧 동안 얼굴이기보다는 겉늙었다는 노안 소리를 듣고 사는 꼴이 되었다.
어느 날 근무하는 직장에 봉사 오신 분들이 나를 보며 몽골인처럼 넓은 얼굴에 광대뼈는 뾜록 나와서 활짝 웃는 모습이 백만 불짜리 미소라며
"그 얼굴과 미소는 마음에서 나오는 것입니다." 한다. 에고 민망하게도 화떡 덕분에 꽃이 되었네. 꽃 널따란 떡판 꽃

참기름

뙤약볕 아래 퉁실퉁실 깨 익는 소리 들리고 바쁜 아버지 손이 스프링클러 사이로
깨꽃처럼 하얀 이를 드러내며 "어이구 구수한 것" 깨를 툭 친다.
아직 채 여물지도 못한 깨를 바라보며 입맛을 다시는 아버지 코끝으로 참기름 냄새가 지나간다. 참깨를 털어 참기름을 뽑아오던 날, 날계란 노른자 두 개에 참기름 두 숟가락 컵 속에 넣고 저어 목으로 후룩 넘기시며 "보약이야, 보약" 하신다. 아버지 깨꽃처럼 박 터트리듯 웃으시며 "너도 한 병 줄 테니 하루 와서 깨나 비어라." 한다.

믹스커피가 달달하다

농막에 가니 울 아버지 막내딸에게 최대한의 접대로
꽃무늬 종이컵에 믹스커피 한 잔을 나무 꼬챙이로 휙휙 저
어 내밀며 마셔라 하시네
새 컵이 없으셨는지 입술 자국이 찍혀 있는 종이컵을 수돗
물에 휭 헹궈서 타셨네
조금을 망설이며 종이컵을 바라만 보고 있자
아버지 "콜콜한 척 하지 마라"(깨끗한 척 하지 마라) 뱉으시
며 외양간으로 가버리시네
믹스커피가 달달하다

브로콜리와 체면

아이가 없는 나는 어머니로서의 헌신이라는 것을 잘 못하고 사는 것 같다.
그래서 늘 헌신이라는 단어 앞에서는 기를 펴지 못한다.
며칠 전 브로콜리 잎을 어머니께 보내 드렸더니 토끼처럼 채소를 좋아하시던 어머니는 브로콜리 잎을 데쳐서 묻혀 먹었더니 똥이 잘 나와서 좋다고 똥 자랑을 하신다.
연세가 드신 후로는 하루하루가 똥 누는 것이 시원하지 않아 걱정했는데 "아기가 쑥 빠진 것처럼 배가 시원하다" 하신다. 어제는 꽃송이 같은 브로콜리가 똥 누는데 좋다고 전화를 하신다. 퇴근을 한 후에 때마침 이웃에게서 밭에 다 캐다 남은 브로콜리가 있으니 가져가란다.
감기 기운이 있어 눈이 따갑고 몸이 으슬거렸지만 밭으로 향했다.
커다란 비닐봉투와 면장갑을 끼고 칼을 들고 밭 가운데로 갔다 여기저기 밭 한가운데 아무도 쳐다보지 않는 왕방 브로콜리 파치가 아무런 표정 없이 있다.
나를 보자 "나 좀 데려가 줘요."라고 하듯이 대가리를 밀어 대며 민낯을 보인다.
싹둑 잘라 머리 옆에 몇 가닥의 잎을 세워 멋을 부린 후 박스에 넣는데 어디서 제주 중산간 바람이 안겨온다.
더 많은 양을 보내기 위해 16킬로짜리 적채 박스에 브로콜리가 꾹꾹 숨을 듯이 벙글 거리며 들여보낸다.
봄꽃 송이처럼 드시고 예쁜 브로콜리 똥을 누실 어머니를 생각하니 잠자리에 들어서 계속 웃음이 난다.
나도 이제 헌신이라는 단어 앞에 조금은 체면이 설 듯하겠다.

이층짜리 홍시

어머니, 아버지는 우리보다 상수 고수
우리보다 한 수 위다
“홍시 있어요?”라고 묻자
어머니 “돈 드려 무슨 홍시를 사오느냐? 놔둬라”
한마디 하시면서 뒤끝은 흐리게
“근데 홍시는 다 먹었지”라고 하신다

아버지는 어머니보다
더 고단수인 상수이시다
시집간 둘째 언니가 오일장에 들러 사온 홍시를
보시며
“너는 일층짜리 홍시라
화정 이는 이층짜리 홍시 사와서라” 하시며
소여물 주시러 홍시 하나
들고 축사로 가신다

두 딸이 마주 앉아 배꼽을 잡고 웃으며
우리 셋째 언니는 3층짜리
홍시 사와야 할 것 닮다, 한다
두 노인네
이참에 마당 한가운데
감나무를 아예 심어버릴까
홍시가 달달하다

덤프트럭과 요리사

우리 동생은 요리사다
밤늦게까지 일을 하다 보니 비염이 심해 덤프트럭을
운전하겠다며 직업 변경을 했다
어릴 적 덤프트럭 기사가 꿈이었던 동생이었는데
꿈을 이룬 것인지도 모르겠다
동생이 덤프트럭 운전을 하는 날부터 나는 다짐한 것이 하나
있다
도로에서 만나게 되는 덤프트럭이 있을 때마다 요리사 동생
을 위해
또 모르는 덤프트럭 기사를 위해 성호경을 긋는다
내가 사는 제주도는 덤프트럭을 자주 만나지는 않는다
운전 중에 세 대 정도 그것도 드문드문 보게 된다

한번은 서울을 올라가게 되었는데
도로에 갑자기 나타난 열두 대의 덤프트럭
줄줄이 내 옆을 지나가는 바람에 12번 성호경 긋느라

버스에 함께 탄 승객들 눈에 한참 정신 나간 사람으로 비쳤다
아무려면 어쩌려고 우연히 전화 통화 중 나의 이야기를 듣
던 동생이
잠시 묵묵 말이 없었다
그 후로 동생은 다시 본업인 요리사로 돌아갔고
나는 여전히 오늘도
덤프트럭을 보면 성호경을 그으며 속으로 생각한다
나도 벤츠 트럭을 몰고
씽씽 한 번 대로를 달려보고 싶다고

제3부

새들의 우체통

티눈 밥

모르고 있었다 발바닥에 티눈이 생기다니
뜯고 잘라내어도 봄 고사리처럼 그늘 속에서 머리를 들고 있다
봄볕의 몽롱함이 사랑의 되돌림인지 알 수 없다
발바닥에 제살을 파고 돋는 티눈을 빼내려
구멍 난 양말을 신는다
티눈이 다시 자라지 않으면 구멍 난 양말을 신을 리 없을 거다
터벅터벅 걸어간다
티눈에 무통인 건 할머니뿐이다
"티눈이 뭐 어때서" 뒤뚱거리며 우스꽝스럽게 걸어간다
"밥이야 밥 티밥, 인생의 밥"
티눈이 밥이 되고 글이 되고 삶이 되는 밥이란다

몽골의 후예

오빠가 장가를 갔다
결혼이 늦어 우리 아버지 술만 한잔 드시면
“사는 맛이 안 난다” 하시며
막내딸 손잡고 우시던 아버지
이제 사는 맛 살맛이 나신다며 봉성리가 들썩거린다
결혼한 후 일 년이 지나도 애기 소식이 없자
아버지 속 태우시던 때에 나는 성지순례를 다녀왔다
이스라엘 성지순례 중 가는 곳마다
예루살렘 예리고 분쟁지역 가자지구에서도 오빠에게
건강한 아기가 생기길 기도드렸다
내 기도 덕인지 성지순례 후 아기를 가졌고 오빠는 건강하고 우람한 예쁜 딸을 보았다
그런데 아뿔싸 이게 웬일 아기는 엄마와 오빠를 닮은 것이 아니라
시집도 안간 처자인 막내고모인 나를 닮았다
둥글고 둥글고 넙적한 얼굴의 몽골인 같은 나를 닮았으니

큰일이 났다
처자가 딸이 생겼으니 신기한 일이다
기도 힘 발이 너무 강했나보다
초롱초롱한 조카의 눈망울을 마주하니
노처녀 내 얼굴에 벙실벙실 봄바람이 일렁인다
나를 닮은 몽골인
우리아기 예쁘다
우리는 다 눈만 마주쳐도
몽골의 후예다

변신로봇

단추를 뜯어내고 보니 뜯어진 단춧구멍 사이로 출렁거리는
뱃살이 보인다
단추를 애써 꿰매다 살찐 뱃살 위로 바늘이 파도처럼 밀물
썰물 찔러댄다
몸이 바다처럼 출렁거린다
옆에서 놀고 있던 아이가 출렁거리는 몸을 보며 변신로봇 같
다며
뱃살을 두드리며 변신 홍칙홍칙 한다.
단춧구멍 사이로 흘러나온 뱃살이
아이의 장난감으로 변신하여 현관문을 날으며 나선다
40대의 변신로봇은 출렁거린다

똥장군

이름이 장군이라서 내 별명은 똥장군이다.
재래식 화장실 똥을 퍼내는 일을 하는 사람들을 똥장군이라
불렀다.
동네 아이들은 그 사람을 보면 "어이! 똥장군 아버지 가신
다." 하며 놀려댔으며
"야 똥장군, 지게는 어디 있냐?" 짓궂게 말했다.
나는 울면서 엄마에게 이름을 바꾸어 달라고 했더니
철수와 장군이 중에서 어떤 이름 할래? 하시며 웃으셨다.
철수는 싫었고 그냥 장군이 한다고 했다.
초등시절까지 줄곧 똥장군이란 이름으로 지냈으며
우리 아버지도 오랫동안 똥장군이었다.
드디어 나의 복수 나의 두 아들을 데리고 나를 놀려대던 꼬
치 친구에게 소개 해주던 날이다
"자 여러분 여기를 보십시오. 장군의 아들입니다."

람보르기니 모형 자동차

야간근무 컵라면 먹듯 하는 날 팔팔 끓는 컵라면 폼나게 들고선 중원으로 나갔네.
젖은 돌 위 미꾸라지 새끼처럼 쭈다닥 미끄러져 목덜미에 뜨거운 컵라면이 쏟아졌네.
깍두기 김치는 공중에서 뒤집어져 잔디밭에 너부러졌고 개미 새끼 웬 떡이냐 달려들고
쪽팔림이 목의 화끈거림보다 더 하네.

싱크대에 머리 박고 흐르는 물에 목 열기를 식히고 있으니 개수구 물 뱅글뱅글 소용돌이처럼 휘돌아 빠지네.
나이 드니 두 다리 두루미처럼 꼬였나 이제 늙었나보다 나이 타령. 컵라면 하나 똥 폼 나게 먹지도 못하겠네 신세타령이다.
30분을 목을 처박고 있으니 추석선물로 람보르기니 모형자동차를 사 온다는 조카 녀석이 생각났네. 개수구 빠져나가는 물 모양이 람보르기니 자동차 같아

막 웃자 지나가던 동료가 똥구멍 처박고 있는 모양새를 보며 저도 낄낄댄다.
람보르기니 자동차가 붕앙붕앙 물 분무기로 분사하며 뜨끔거리는 목덜미에 쏴댄다.
시원하다 흉터나 생기지 말았으면 좋겠네. 며칠 뒤면 추석이다.

점방집 주인

점방집 주인이 되고픈 때가 있었다
알록달록 고무과자를 마음껏 먹고
지나가는 친구가 보이면 고무과자 한 개씩을 건네고
친구들과 연탄불에 고무과자 구워서 먹고 싶었다
그렇게 나는 학교 앞 점방집 주인이 되고 싶었다
지금은 사라지고 모양도 세련된 여러 가지 동물 모양 젤리가 등장하여
새콤달콤 먹어도 보았지만 여전히 촌스러운 무지갯빛
고무과자를 먹고 싶다
가끔은 점방집 주인이 되어 연탄불 고무과자를 굽는 꿈을 꾼다
사라져 버린 그 고무과자 덕수궁 옆 서대문 지하철역에서 찾았다
1봉지에 1300원, 반가운 불량식품 아직까지 살아 있구나
다시 꿈을 꾼다 서대문역 지하철역 점방 주인이 되어 오가는 사람들에게 고무과자

입에 물려 질겅질겅 추억 속에 씹으며 룰루랄라
출근길 가볍게 가도록

그림자도 배경이 된다

삼나무 나무와 나무 사이에 끼여 있는 안개가 배경이 되고
노란 비옷을 입고 논두렁에 서 있는 농부가 배경이 된다
앞니가 다 빠진 할머니의 이야기도 배경이 된다
물웅덩이 진흙땅에 찍힌 발자국이 배경이 된다
웅덩이 거꾸로 비친 숲도 배경이 된다
주인공이 아니라 뒷배경이면 어떠리
배경 없는 풍광이 아름다울 수 없듯이
뒤쪽에 비켜나 있는 그림자도 배경이 된다
그게 바로 너 너의 그림자다

해피 데이

버스를 기다리다
주머니 속 딸그락 동전의 차가움과 바늘처럼 콕콕
쏟아대는 겨울바람이 미운 밤
불빛 속에 홀로 뚱한 얼굴로 서 있는 자판기에 300원을 넣고
밀크커피를 누른다
툭 종이컵 하나 떨어지며 뜨거운 커피와 설탕이 한 대 섞여서
무덤덤한 종이컵에 떨어져 뜨겁게 달구어진다
두 손으로 감싸 안은 종이컵에 그려진 꽃들이 찬 입김 속으로
숨어 들어가며 겨울의 입구에서 문득 봄의 얼굴을 잠시 보
는 듯하다
Happy day! 라고 쓰여 있다
행복한 종이컵이다
매일 수백 번 300원을 통해 누군가에게
뜨거움을 전해줄 수 있으니 일회용이면 어떠하리
늘 해피 데이라

사슴벌레의 꿈

요양원에 봉사하러 온 초등학교 1학년생이 나를 보자
"선생님 저에게는 꿈이 있어요"라고 작게 얘기한다
그래 꿈이 뭐니, 라고 묻자
저는 곤충을 참 좋아해요
그런데 사슴곤충이 멸종위기에 빠져 있어요
제가 사슴곤충을 지키는 곤충 학자가 되어야겠어요
"멸종 위기"
그 말을 들은 뒤 "너 참 꿈이 훌륭하구나" 했더니 더 신이 나서

그럼 선생님, 거미는 곤충일까요 동물일까요, 물어온다
당연히 곤충이지 했더니 아니에요 동물이에요, 하면서
거미가 동물인 이유를 두 눈과 입이 쉴 새 없이
복주머니가 공중에서 터져 금가루가 하늘에 퍼지듯이
금빛 이야기를 쏟아낸다
녀석 꿈이 빛 나구나 생각하는데

"선생님은 꿈이 뭐에요?" 라고 묻는다

내 꿈, 아~

그래 나에게도 꿈이 있단다

눈을 감으며 내 꿈

아이야. 내 꿈은 "정년퇴직이란다"

새들의 우체통

어린 조카가 우편함을
만들어서 보내왔다
집 앞 대문에 달아 놓으니
새들이 착각하여
자기들 집인 줄 알고
매일 우편함을
들락날락 거리며
깃털을 배달해 준다

깃털을 한 개 주워
편지에 넣어 보냈더니
어린 조카 놈이 손 편지를
보내왔다
"사람을 찾습니다, 우리 고모"
라고 쓰여있고 밑에는 '깔깔'이라고
웃는 표시를 했다

신기한 우체통이다

오늘도 새들이 날아와

깃털로 우편함을 꾹 눌러 닫는다

오메가 시계

시계를 선물 받았다
오랫동안 지병이 있어 금줄로 만든 시계를 끼면 효험이 있다
하여
끼고 계시다 이제 효험이 다 떨어졌다며 내 손에 쥐어 주셨다
금줄 열 돈으로 만든 시계 줄을 보니 내 손목이 부담스럽다
몇 년을 서랍 속에 넣어 두었다 어제 꺼내보니 시계는 잠을
자고 있었다
나처럼 몇 년을 잠자고 있었나 보다
시계점 주인에게 잠을 깨워 달라 했더니
이 비싼 시계를 왜 끼지 않았냐고 책망하며 나를 쳐다본다
그래 누군가 시간은 금이라 그랬던가
내 시간은 무엇이었던가
시간이 무거워진다
금줄은 분리해서 단순한 가죽 줄로 바꿔 끼우고
시계는 서울의 큰 병원으로 보내졌다

일주일 후면 잠이 깨서 새 주인에게 돌아온다는 약속을 남기며
그래 나도 이제 이 시계와 함께 분침 청소를 끝내고
오메가의 세계로 나아가자

고장 난 탁상시계

탁상시계가 고장이 났다
시계방에 수리하러 가자 이런 구식 시계는 나오지도 않는다
며 고칠 수 없으니 버리라고 한다
싸고 새로 나온 시계도 많다고 하며 시계를 쳐다보지도 않
는다
고물시계 탁상시계가 그동안 만성통증에 시달리며 도망치
지도 못하고 살았구나 생각하니 내 신세
비슷하여 물끄러미 쳐다만 본다
시계 밥을 주고 알람을 맞추어 나를 깨워주며 늘 나와 함께
한 세월 앞에
너도 이제 늙어 가는 줄을 몰랐네
시린 내 무릎을 만지며 이제 연골이 다 닳아 인공관절을 넣
으라는
의사의 닦달을 뒤로한 채 집으로 돌아오던 며칠 전이 생각
나며

탁상시계와 나의 두 무릎은 고치고 싶지 않는 나의 닮은꼴
이네

사랑은 롤러코스터

신난다 하늘을 날아오를 듯 솟구치는 얼굴 마음 빛깔
공중에서 부풀어 오른 기분으로 소리를 지르며
사랑에 멱살을 잡는 순간이다
그러나 그런 순간도 잠시뿐 잡았던 멱살을 풀고
롤러코스터는 아래로 곤두박질하듯이 쳐내려온다
심장이 쏴 하고 쿵덕쿵덕 거리고 머리칼은 바람도 없이
위로 쭈뼛 삐져나와 있다
도대체 사랑이 뭐니? 라고 묻는다면 롤러코스터를
한번 타보라 말하고 싶다
그 울렁거림의 멀미를 진득하게 참아 날 수 있는 사람만이
사랑의 사랑의 롤러코스터를
탈 수 있을 것이다

낙산 해는 싱거워

동해 낙산에서는 늦잠을 잘 수가 없다
발바닥으로 해가 간질거리며 정강이와 무릎 위로
올라와 숨을 불어댄다
해는 배꼽 위에 멈춰 시계처럼 비추자
방바닥에 벌떡 일어 앉아 비빈 눈으로 해를 만진다
펑퍼짐한 엉덩이 넓적한 등판 뒤로
해가 넘어가며 싱겁게 툭툭 치며 살 좀 빼라고 한다
해가 뜨는 동해바다를 러닝머신 앞에 걸어두고 살 좀 뺄까,
한다
동해 낙산에 오면
늦잠 자긴 글렀다

럭키 데이 자판기

도서관이다 중학교 남학생 한 명이 들어오더니
친구에게 작은 소리로 뭔가 밖에서 큰일이 일어난 걸
이야기하는 눈치다
얼굴은 이마 여드름에 약간의 홍조로 들뜬 상태
감정조절이 잘 되지 않는 목소리다
방금 전 무슨 일이 일어났을까

학생은 300원짜리 율무차를 빼먹기 위해
500원 동전을 넣었다
200원 거스름돈이 나와야 하는데 헉, 600원이 나온 거다

이같이 재수가 좋은 날
내 인생에 처음 얻는 공짜
럭키 데이라며 흥분을 감추지 못 한다

듣고 있던 나는 자리에서
조용히 일어나 밖으로 나와
자판기에 천 원을 넣고 300원짜리 커피를 눌렀다
700원 거스름돈이 그냥 자판기에 저금이 되었다가
누군가에게 몇 백 원 툭 공짜로 떨어져
럭키 데이를 만들어 주면 진짜로 럭키하다

KTX를 타고

울산에서 안동으로 가는 비둘기호 기차가 있었다
7시간 이상은 가야 안동역에 도착한다
기차는 역마다 모두 정차하여 보따리를 들고 기다리는 할머니와 강아지를 태우고
장터로 가는 장사꾼들도 많았다
어릴 적이지만 천천히 역마다 정차하여 기차를 타는 것이 재밌기도 했지만 너무 천천히 가는
장시간이라 짜증이 나기도 했는데 어머니는 비둘기호 기차를 타시는 것을 무척 좋아하셨다
30대 서울에서 고향인 울산을 오고 갈 때는 빠른 새마을호를 타고 다니며
편안한 좌석과 빠르게 풍경처럼 지나지만 광경을 감상하는 즐거움이 꽤 좋았다
빠르니깐 좋다 속으로 흥얼거리며 노래를 부른다
40대에 초고속 KTX 기차가 등장을 했는데 기차표가 워낙 비싸 조금 싸게

타기 위해서는 거꾸로 된 방향으로 좌석을 앉아 서울까지
올라가는데 엄청 빠른 데다 거꾸로 타서 속이 메스꺼웠다.
나의 시간도 KTX처럼 40대 후반을 빨리 달리는 시간의 감
을 느낀 후로
봄날이 오면 속이 울렁거린다
KTX는 벚꽃 피는 경주역을 지나 서울역으로 향해 가는데
내 몸은 비둘기호 기차 안에서 머물러 몸만 무거워진다

장가계에서 신선을 만나다

1.

상해에서 비행기를 갈아타고 장가계에 내리자 50년만에
눈이 내렸다
눈은 마치 벚꽃처럼 휘날리며 버스 유리창을 이리저리
때리며 앞서 나간다
꿈을 꾸었다 두 개의 봉우리 작은 봉우리 큰 봉우리 사이로
신선이 나타나서 노루랑 놀고 있었다
나를 보며 저 산을 보여 주겠다고 하며 산을 가르치자
안개가 걷히고 산봉우리가
깨끗하게 보였고 꿈이 깼다

2.

장가계 아침이다, 밤새 산이 내 앞에 내려와 펼쳐져 있다
산이 이렇게 내려 올 수도 있구나 눈 덮인 산이
북극곰처럼 앉아 있다

황석 채에 서니 순간 안개가 바람에 밀려 산 아래로 내려가고
봉우리 봉우리들이 장엄한 모습을 드러내고 원숭이 가족들이 과자봉지를 들고 집단행렬의 모습을 보인다
신선이다 일행이 내려간 후 신선께 감사의 절을 올렸다

3.

황석채에서 내려와 버스를 타러 가는 길에 앞니 두 개가
빠진 스무 살쯤 되어 보이는
거지가 몸을 심하게 떨며 구걸 그릇을 내민다
못 본 척 버스에 뛰어 올라타고 버스는 그 거지 앞을 지나가자 험상궂은 표정을 지을 것 같은
그 거지 청년이 앞니 빠진 입을 크게 벌리며 나와 눈이 마주치자 손을 흔든다
멀리 버스가 갈 때까지 손을 흔든다 몸도 흔든다
산에서 내려온 신선이었다

4.

대협곡의 수백 개의 아찔한 계단을 내려와 물길을 따라 걸으며
한국인의 정서와 잘 어울리는 산수로다 흥에 취해 멀리 공수해온 포천 막걸리
한 사발 들이키자 내가 신선이 되었다

5.

대협곡을 지나 작은 배를 타고 물길을 따라 오다 배에서 내려 오솔길을 걸어오는데
스무 살쯤 되어 보이는 거지가 바닥에 앉아 쇠 밥그릇을 두고 구걸을 하고 있다
쇠 밥그릇 황석채 거지의 해맑은 웃음이 떠올라 천원을 밥그릇에 놓았다

한참을 걸어가다 뒤를 돌아보니 그 청년 거지가 헤벌레 웃
으며 손을 흔든다
몸을 떨며 계속 손을 흔든다 내 몸이 떨린다 두 신선을 만났다
장가계에서 내가 본 것은 아름다운 산수풍광이 아니라
이빨 빠지고 몹시도 몸을 떨며 구걸을 하는 두 신선을 만난
것이고 그의 이름은 예수였다

캄보디아 소년

관광버스가 서자 어디선가 아이들이 몰려나와
언니 천원만, 한다
볼품없는 엽서들이라도 팔고 싶은 물건들을 들고 있거나 열대과일을
내밀며 사달라는 것이다
맨발이다 신발은 신지 않아 키에 비해 발만 너무 커져 있다
아이들이 둘러싸여 있으니 네다섯 살 되어 보이는 소년이
몸집이 작아 틈새에 끼어 들어오지도 못하고
발치에 서 있다
손에는 다 익지도 않은 작은 바나나 한 송이가
들려져 있다
이천 원을 건네주며 그 바나나를 달라고 하자 흙 묻은 손과
까맣게 빛나는 눈동자가 놀란 얼굴로 쳐다보며 멈칫거린다
순간 주변에 몰려 있던 아이들이 자신의 바나나가 더 크고
잘 익었다며 천원 천원, 하고 큰소리로 외친다
이천 원을 꼬마의 손에 쥐어 주고 바나나를 낚아채 듯

가져오자 아이는 신기한 듯 이천 원 지폐를 손에쥐고 숲으로 뛰어갔다
큰 나무 뒤에서 바라보던 누나가 불편한 다리를 절면서 뛰어나와 어린동생의
머리를 쓰다듬으며 흙묻은 손에서 건네주는 지폐를 받으며 활짝 웃는다
나는 바나나 한입 베어 먹으며 참 떫다 하며
두 남매를 쳐다보았다

빤스 걸레

중학교 때 예쁜 걸레를 가진 친구들이 있었다. 종례를 끝내고 분단별로 청소를 할 때면 바닥 닦는 분단은 각자 자기 걸레를 들고 마룻바닥에 석고대죄하듯이 무릎을 꿇고 앉아 마룻바닥에 초칠을 해가며 열심히 빛광을 낸다. 내 걸레는 언제나 아버지 빤스를 기워서 만든 것이어서 청소 시간마다 부끄럽고 예쁜 걸레를 가지고 있는 친구들이 부러웠다.
나는 속으로 "꼭 예쁜 가시나들은 걸레도 예쁜 걸 가지고 있단 말이야."
그렇다고 예쁜 걸레가 청소를 잘 해주는 것도 아닌데 저 가시나 폼은 살짝 무릎 꿇고 앉아서 우아하게 마룻바닥을 광낸다.
아버지 빤스 걸레를 든 나는
비장하게 포복하는 자세로 엎드려 마룻바닥 4줄에 초 칠하여 구두 광내듯이 번쩍번쩍 광채를 낸다. 마치 신참 군화처럼

"야야 가시나들아 마룻바닥은 자고로 아버지 열심히 일하시다 빵구 난 빤스로 밀어야지 광이 나는 것이다." 나는 아버지 엉덩이로 열심히 마룻바닥을 밀어대며 걸레는 역시 울 아버지 빤스가 최고야, 라고 외친다.

임금님 밥상

서울역 3번 출구로 나가면 빨간 공단이불에 사과 꽃 철문
넘어 걸어두고
매일 밤 임금님 이부자리에 잠을 자는 사내가 있다
새벽별이 보도블록에 비칠 때면 그는 공단 이불과 보료를
살그머니 개키고
사과 꽃은 담장 너머 넣어두며 시끌 바쁜 출근길 세상 같은
건 무서워
몽땅 연필처럼 깎아서 몽땅 담벼락에 걸어둔다
노숙인 곤룡포 자락 끌며 임금님 아침 수라상 받으러
씩씩하게 무료 밥상 집으로 간다 옆집 무수리 손잡고 간다

제4부

봄날의 꽃게좌로

봄날의 꽃계좌로 넣어주세요

오십의 제 꿈을 좀 넣어주세요
마당에 3년 만에 매화꽃이 네 송이가 피었는데
이것도 내 계좌로 좀 보내줄 수 있는지요
어제는 화정이가 만혼에 결혼하여
마흔 나이에 가진 아가의 숨소리를
계좌로 받고 싶어졌어요
나이가 들어가면서 내가 좀 이상해지는 건가요
자꾸자꾸 내 계좌로 받고 싶은 것들이 늘어났어요
고향이 거문도로 여행하시는 어머니 듣고 계시나요
욕심이 늘어나서 걱정이지만 내 계좌가 꽉 찼으면 좋겠습니
다
봄의 꽃계좌

그때 말할 걸

어릴 적 새벽 동네 골목길에서
망개떡 사려, 하고 외치는 떡장수가 있었다
새벽녘 그 소리를 들을 때마다 그 망개잎을 벗기고
떡을 먹는 상상을 하며
소리가 멀어질 때마다 아쉬워했다
그 망개떡이 먹고 싶었는데 엄마에게
사달라는 얘기를 한 적이 없다
혹시라도 너무 비싸서 못 사주면 엄마가 마음이
아파할까 봐서 그랬다 그래도 한번 얘기해 볼 걸 하는 생각
이 오십이 넘고 보니 들었다
왜냐하면 지금 먹어본 망개떡 맛이 그때 내가 그리던 그 맛
인지 맞는지 알 길이 없기 때문이다
그냥 그 새벽녘 상상 속의 맛으로 남겨져 있으니
그때 말할 걸 그랬다

이스탄불에서 온 비누

친구가 이스탄불에서 세숫비누를 선물로 사왔다 쓰기가 아깝기도 해서 식탁위에
올려두고 한 번씩 향을 맡았다 비누를 보고 있노라면 오르한 파묵의 도시 이스탄불로
날아가 있는 것 같이 즐겁다 비누를 만질 때마다 오르한 파묵의 순수박물관 책속으로 여행하는 여행지가 되어 들어간다 두 주인공을 따라 공간을 이동하는 나른한 오후는 즐거움이다 어머니가 집에 오시던 날 요새 세탁비누가 잘 나와서 아주 매끈매끈 하다며 세탁비누 칭송이 대단하시다 우리집에 세탁비누가 없다는 생각에 설마 하며
식탁 위를 보니 오! 나의 어머니 숙자 여사님께서 이스탄불 비누를 까서 세탁비누로 사용하셨다 그렇게 순수박물관은 날아가 버렸고 이스탄불은 이제 빨랫비누가 되어 빨래비누로 세탁한 양말을 신고 숙자님 손잡고 이스탄불로 날아가야겠다 숙자씨 손 잡으세요

장난감 세계

금능해변에 아이들이 모래를 가지고 놀고 있다
포클레인 트럭 삽 그릇과 양동이 아이들의 장난감은 모래
속에서 모래 밖에서 그들의
나라를 만들고 있다 아이는 바닷물에 작은 양동이와 삽으로
떠 와서 집도 짓고 길을 낸 후에 엄마와 아빠를 불러 장난감
이 널브러진 도시를 보여주며 깔깔거린다
발바닥과 손등에 묻어 있는 곱고 흰 모래를 손으로 털어내
며 아이는 작은 집과 좁은 모래언덕을 넘어 장난감 세계로
초대를 한다
'엄마 아빠, 바닷물이 들어와요'

짱구는 내 친구

출근을 하려는데 어린 조카가 신고 있는 양말을
이쪽저쪽 살피더니
이모 양말 빵구 났다 하며 짱구가 그려진
자기 양말을 건넨다
내 눈에 잘 보이지도 않는 작고 콩알만 한 구멍인데
아이 눈에는 잘도 띄었나 보다
괜찮다고 누가 볼일 없다고 하자 아이가 사정하듯
바짓가랑이를 붙잡고 놓질 않는다
이 봄날 아침에 아지랑이 피듯 간질거리는 고사리 손이 온
종일
내 바짓가랑이에 붙어 다니겠다
짱구가 이모이모 한다

봄은 혁명입니다

봄입니다 코로나19 멕시코 맥주 이름 이렇게 예쁜 이름이
일상에 쳐들어 왔습니다
열병으로 침으로 미열로 달아오르는 사랑과 닮았구나
코로나19의 봄 속에서 마스크 속의 입김 속에서 어질하기만
합니다
오늘은 어릴 적 못가에 늘어진 버드나무를 대공원에서 보았습
니다
세상은 어지러운데 자연은 자신이 할 일을 다 하고 있었습
니다
나는 어떤 일을 하면 될까요
비집고 나온 버드나무 잎에게 물어보고
참꽃 잎을 입속에 씹어보며 일어나라 봄의 혁명이여
내 안에서 목련으로, 진달래로 새로이 일어나라

봉성리 바람 불어 좋은날

봉성리 우리 밭에 쪽파작업 웃음꽃 피었네
바람난 기계 액셀 밟으니 치치 휙휙 머리채 낚아채듯
쪽파껍질 벗겨나가네
신기한 바람기계 내년에는 귀농하여 쪽파 농사지어야지 푸
르디푸른 쪽파
오냐 여기다 심어 보거라 요놈의 울산 아가씨야 쪽파작업이
그리 만만하냐
매운 쪽파 맛 좀 볼려나 화정이 어머니 쪽파를 휙 던지네
쪽파껍질 까다가 나도 울고 쪽파도 울고
동네 삼촌도 울고
양, 어머니 그래도 내년에는 쪽파농사 해야겠습니다

안녕, 노란 기차야

나는 매일 아침 역으로 출근을 한다 기차는 몇 시 몇 분에 코너를 빠져나와 바람을 일으키며 역으로 들어오는지 어디서 몇 분을 정차하고 돌아서 나가는지 역무원의 명찰이 바뀌고 유니폼의 색깔이 바뀌는 계절을 다 알고 있다 어릴 적부터 기차를 좋아했다 어디론가 떠나고 싶은 자유로움과 많은 사람의 꿈과 자신의 꿈을 싣고 달려줄 수 있는 것 같았다 노란색 칠을 한 기관사의 꿈을 꾸었고 그 꿈은 가까이 다가왔다 면접을 보고나면

매번 떨어지고 꿈에 닿을 듯 말 듯 기차처럼 다가오지 않았다 그러던 어느 날 전철을 타고 퇴근하는 직원들 하는 이야기 속 주인공이 바로 나였다 “참 이상한 지원자가 있었대 직원도 아니면서 우리가 어디서 근무를 하는지 명찰이 어떻게 바뀌는지 기차가 코너를 돌아서 몇 시 몇 분 몇 초에 나오는지 그걸 관찰해 다 알고 있다니 무섭지 않겠니? 기차에 집착이 심하다고 면접관님이 그랬어”라고 했다

그제서야 자신이 매번 면접에서 떨어진 이유를 알게 되었고 많이 사랑하면 안 된다는 것을, 이제는 기차를 떠나보내야 한다는 것을 알게 되었다 바람을 일으키며 코너를 힘차게 돌아오는 기차를 향해 손을 흔들었다 희망을 주지 말자 안녕 내 사랑 노란 기차야

생일선물로 받은 비싼 핸드백

생일 선물로 친정엄마에게 며느리가 많이 비싼 핸드백을 보냈다 연세가 드신 엄마가 이제 손에 무엇을 들고 다니기가 힘들다는 걸 잘 모른다 명절 때 하루나 지내다 가니 그럴 수 있다 성당 갈 때 미사책 넣고 폼 내고 다니시라 하는데 난감하다
궁리 끝에 성당 앞까지 가방을 내가 들고가고 들어가는 문 앞에서 엄마가 핸드백을 바꿔서 들고 폼을 부렸다 사진을 찍어 며느리랑 아들한테 보내자 우리 엄마 귀부인 같다면 좋아 한다 아들이 엄마는 평생 안 늙고 청춘인 줄 알아, 한다 이제는 손에 아무 것도 들고 다니지도 못하고 폼도 부리지 못해 빈손이 제일 편하다 한다
두 손을 툭툭 먼지 털듯이 털어내며 "봐라봐 가져갈 게 뭐가 있노, 내 손 봐라"
빈손이다 아무 것도 없다, 한다 나는 내 손을 내려다보며 양손에 뭐가 들려 있는 지
바라봐진다

영진철물

새벽 밀감을 따러 동네 영진철물점 앞에 있으면 은선 님이 멋진 렉스턴 트럭을 타고 나타난다 나는 골목에서 5분 정도를 서성이며 기다리는데 그 시간에 영진철물점 할머니와 할아버지를 생각한다 철물점을 운영하는 할아버지는 치매가 있는 할머니를 모시고 있다 언젠가 철물점에 벽걸이 선풍기 걸이를 사러 갔다가 두 분의 모습을 보았다 방안 휠체어에 할머니를 앉혀두고 할아버지가 식사준비를 하고 있었는데 할머니는 아기처럼 할아버지를 기다리고 있었다 노부부가 서로를 의지하며 견디어내는 사랑은 아름답다 가끔씩 철물점에 들러 빵이랑 음료수를 드리면 나를 잘 알지 못해서 할아버지는 어디사는 누구냐고 묻는다 나는 그냥 오렌지 지붕에 굴뚝이 있는 집에 살아요, 하면 할아버지는 참 고맙다고 한다 오늘 아침 동새벽 바람을 맞고 영진철물점 앞에 서 있는 나는 두 분이 함께 잘 지내시길 기도한다 저 멀리 렉스턴 불빛이 달려오고 있다

가을털이

가을은 털어내는 계절이다
억새는 바람 속에서 자신을 털어내고
참새는 가을 빗속에서 비 맞은 날개를 푸드덕 사방으로 털어
내고
단풍은 구멍 숭숭 갉아먹는 나뭇잎을 벌레에서 털어낸다
가을은 털어내는 계절이다
고맙습니다
감사합니다 두 문장만 빼고 다 털어내며
노꼬메를 내려온다
오 깜빡 털어내지 못하고 내려온 건
노꼬메 가을산과 연애한 것이네

노란 장갑의 정겨움

점심을 먹고 밀감 밭으로 돌아오니 노란 장갑이 정답게 느껴진다
내 손에 끼고 있을 때는 몰랐는데 벗어서 컨테이너 박스 위에 있는 걸 보니
장갑 안에 여전히 내 손이 들어 있는 것 같다
내일이면 노랑장갑과 이별할 것 같다 저 많은 바구니에 출렁거리듯 채워준 밀감을 보라 다 너의 그 노란 장갑의 입김으로부터 온 충실함 덕분이다
벌써 다 헤어져 두 번째 낀 장갑이다 여기저기 구멍이 뻥뻥 난 걸 보며 새것으로
바꿀 때마다 정이 들어 주춤거려진다
내일이면 노랑장갑과도 장갑이 가진 기억과도 안녕을 해야지
노랑장갑아 안녕

굴뚝이 있는 집

집주소가 어떻게 되느냐고 친구들이 제주도로 여행을 올 때면 묻는다 나는 금능해변
골목길로 쑥 들어오면 오렌지색 지붕에 검은색 굴뚝이 보이는 그 집이 우리 집이라고 일러준다
그러면 반응이 요새 굴뚝이 있는 집도 있느냐고 불을 지피고 사는 거야, 라고 다시 되묻는다
나는 어릴 적 굴뚝에 관한 기억이 아스라이 남아 있다
엄마가 밭에서 돌아와 아궁이 불을 지피면 굴뚝에서 피어나는 연기는
엄마의 입김 같다 이 집은 리모델링을 하면서 옛날에 있던 굴뚝을 사용하지 못해도
그대로 두었다 얼마 전 태풍으로 굴뚝 아래에 금이 간 곳을 땜질하듯 미장을 해놓고 굴뚝을 바라보니 뿌듯하다 내가 꼬꼬마이었을 때 우리 엄마가 따뜻하게 불을 지피던 그 사랑의 연기가 퍼져 퍼져 나가라

금능리 우리 동네 온통 엄마의 입김 같은 뒤덮인 상상을 하며
오늘도 나는 굴뚝에 장작을 넣으며 불을 지핀다
타닥타닥 앗 뜨겁다

애써 기억을 끄집어내어 보는 아버지와의 추억

아무리 기억해 봐도 어린 시절 아버지와 즐겁게 놀았던 추억이 없다 그러다 보니 오십 중반이 넘어 아버지를 보면 할 이야기거리가 없다 아버지에 대한 애틋한 마음보다는 자식으로서 의무를 다하고 있다고 느낀다

그러나 잘 놀아주지 못한 아버지
추억을 많이 나눈 아버지가 아닐지라도
나는 모든 사람들이 좋은 자식이 되어야 한다고 그리 생각한다
어떤 아버지라도 좋은 자식을 두고
싶은 마음을 가지고 있을 것이기 때문이다

오늘은 공원을 산책 하다 잘라진 작은 소나무 가지 하나를 발견했다

무심히 주워서 송진 냄새를 맡는데 어릴 적 아버지가 산에서 소나무 송진을 빨아 먹을 수 있게 껍질을 낫으로 벗겨주던 기억이 떠올랐다
나는 무릎을 탁 치며 아하, 드디어 아버지와의 작은 추억 하나를 찾아낸 것이라 기뻤다 오늘은 아버지께 좋아하시는 치맥이 아니라 치소, 치킨에 소주 한잔 따라드리며 소나무 송진 이야기를 꺼내 봐야겠다
아버지 기억하실지 궁금해진다, 아버지~

고깔을 쓴 고깔 양배추

꽃같이 생긴 것 같아 보이고
고깔을 쓴 것 같기도 하고 신기한 양배추를 만났다
은선이 샘 머리에 쓴 모자방울 이를 닮은 듯하고
이렇게 양배추가 귀여울 수가 없다
9시까지 택배회사에 가져 가야해서 나는 박스를 접어
부지런히 테이프를 붙였다
작은 상자 속에 들어갈 고깔이는 은선이 샘의
마술같은 손을 통해 예쁘게
상자 속으로 쏘옥 들어간다
마음씨 좋은 은선 샘은 어떻게든 상자 속에 작은 자리라도 만
들어
고깔이 한송이를 더 넣어준다
이미 키로는 넘었는데도 넣는다

이런 은선이 샘의 마음을 택배를 받아
고깔이 양배추를 먹는 사람들은 알까

나는 일이 끝난 후 고깔이 양배추를 먹으며
고깔이도 예쁘고
은써니샘 마음도 예쁘다는
생각을 해본다

인생은 도시락

제주도에 살면서 어떤 게 제일 기쁘게 사는 일이냐고 묻는다면 오월 봄과 시월 가을에 도시락을 싸서 좋은 친구와 소풍 다니는 기쁨이라 말하고 싶다

나는 소풍 가는 걸 좋아한다
어른이 되고 직장인이 되고 나니 소풍 갈 일이 없어지고 도시락 먹는 재미를 사람들은 촌스러워한다

제주로 이주한 이후로는
이 촌스러움이 주변 눈치 볼 것 없이 휴일이면 싸들고 다녔다

봄이 오면 봉성리 홍예동산 벚꽃 나무 아래에서
도시락에 떨어지는 벚꽃 잎을
먹으며 시를 읽는다

내 삶에 코로나는 끼어들 수 없다
홀로도 좋고
두 명 셋이는 더욱 좋아 도시락 싸들고 살아가는 재미
준비된 미래에서 살고 있으니

올 봄도 돈까스 도시락 들고서 봉성리 우리 밭으로 갈 것이다
벚꽃이 무덤가로
휘파람처럼 휘날리겠다

네이비 컵은 문쮸컵

해군에서 기념으로 판매하는
상어가 그려진 머그잔이 있다
예은이 집에 가서
언제 이 컵으로 커피를 마셨는지 기억이 없는데
두 돌이 채 안 된 예은이가
이 컵을 문쮸컵이라고 부른다고 한다
김문수 라고
이름을 부르라고 가르쳤더니
이제는 제법 문쮸라고 발음을 한다
엄마, 아빠가 이 컵을 사용 하려면 어디서
보고 뛰어와서는
문쮸카업 문쮸커업 문쮸꺼
문쮸꺼 라며 손도 못 대게 한다고 한다
어디서 그렇게 자세히도 보고 기억을 해서
오직 문쮸컵만을 지켜준다

우리 집에는 하와이 일본 등 여행 기념으로 받은
예쁜 머그잔이 가득한데 이제는 나누어 주어야겠다
아이가 없는 나는
아이가 나의 이름을 불러주는 것만으로 출렁인다
단 하나의 문쮸컵 만으로도
물잔도 되고
커피잔도 될 것이다
예은아 장난감 치우자

소주 한잔의 꿈

꿈이 없는 나는
산업단지 울산 문수산 정기를 받고 태어났다

문수산 기운을 받아서 서울과 광주 캐나다로
방랑자로 지내다 서른이 지난 33세에 화려한 서울살이에서
꿈이 생겼다
큰 꿈이다

손바닥만 한 땅이라도 한 평 사서 삼겹살에 소주 한잔 친구에게 줄 수 있는 사람이 되는 것이다 그리고 시인이 되어 소주잔을 건네며 시 한 수를 읊어 주고픈 꿈을 또 꾸었다

이제 오십이 되었다
제주 장수마을 금능리에서 시인도 되고 땅도 사서
삼겹살에 소주
한 잔 내놓을 수 있으니 꿈을 다 이루었다 말하고 싶다

나는 생각한다

이 세상에 자신의 꿈을 이룬 사람이 몇이나 될까

그러면서 나 참 대단하지, 말하고 싶어진다

그러니

친구여 벚꽃잎이 바람에 다 떨어지기 전에

소주나 한잔하러 오시게

해설

분력分力의 소명 의식, 그 질서의 시학

양영길 / 문학평론가

나는 강의 흐름을 바이올린처럼 지닌다.
—폴 알뤼에르

1. 프롤로그

김문수 시인에게는 "보이지 않는 분력(分力, composante)"이 있다. 물리적 힘이 아닌 정서적으로 '나누어 주는 힘'이다. 아름다운 미소를 나누고 눈짓과 따뜻한 마음을 나눈다. 인간만이 아닌 모든 사물과 자연에게도 나누고 있다. 분력이 자연에서는 분산分散이기도 하다. 자연에서의 힘은 분산에 의해 나온다. 그것이 지속의 노하우다. 자연의 질서가 곧 분산의 힘이다. 아름다운 무지개도 '분산'에 의해 우리들에게 찾아온다. 강물이나 호수에 내려앉아 우리들 가슴 가까이 다가오는 달빛도 결국은 분산의 힘이다. 분력 또는 분산은 자연의 이치이자 질서이기도 하다.

김문수 시인이 분력을 풀어놓은 시의 행간에는 그 어떤 소명 의식이 함의되어 있다. 그것은 "그것의 질서이기에 앞서 너의 질서에 속해 있는 것"이라는 마르틴 부버의 이야기

와도 통하는 것 같다. 김 시인의 분력은 미소처럼 부드럽고 투명하며 꿈으로 표현되기도 한다. 근원적 물음을 통해 우리의 꿈을 받아들이고 앙양시켜 주고 있다. 더 넓게 꿈꾸기 위해서'소주 한 잔'을 건네기도 하고, '알록달록 고무과자'를 바쁜 출근길을 재촉하는 사람에게 나누어 주기도 하고, 천 원 한 장으로 나누기도 하고, 기도를 하거나 '성호경'을 긋기도 한다.

2. 성스러운 눈길

김문수 시인은 신의 눈짓에 결속되어 있는 것 같다. 이러한 눈짓과 말함 사이에 서서 성스러움의 영역에서부터 '꿈'에 의해 말 건넴을 받고 있다. 이러한 성스러움으로서의 진리는 새로운 고향에서 공동체적 삶을 선망하게 된다.

'어린 조카와의 손편지', '장가계에서 만난 신선', '나무의 귀지', '고장난 탁상시계'에게 주는 눈길은 따스함을 너머 강물이 되어 음악처럼 흐르고 있다.

어린 조카가 우편함을 만들어서 보내왔다
집 앞 대문에 달아 놓으니
새들이 착각하여
자기들 집인 줄 알고

매일 우편함을 들락날락 거리며
깃털을 배달해 준다

깃털을 한 개 주워 편지에 넣어 보냈더니
어린 조카 놈이 손 편지를 보내왔다
"사람을 찾습니다, 우리 고모"라고
쓰여있고 밑에는 '깔깔'이라고
웃는 표시를 했다

신기한 우체통이다
오늘도 새들이 날아와
깃털로 우편함을 꼭 눌러 닫는다

—「새들의 우체통」 전문

어린 조카가 만들어 보내준 "신기한 우체통"으로 '깃털' 같은 꿈이 배달되기도 한다. "신기한 우체통"을 매개로 조카와의 소통은 물론 새들의 보금자리가 되어 작은 '깃털' 같은 꿈의 시공간이 재자연화되고 있다. 시적 분신에 의해 시간과 공간을 초월하여 조카와 고모 사이를 아주 자연스럽게 오가고 있다. 그런 날은 "어디론가 떠나고 싶은 자유로움과 많은 사람의 꿈과 자신의 꿈을 싣고 달려"(「안녕, 노란 기차야」)가고 싶어진다.

장가계로 날아간다. 꿈에서 "작은 봉우리 큰 봉우리 사이로/ 신선이 나타나서 노루랑 놀고 있"던 날엔 신선을 만나기도 한다. "막걸리 한 사발을 들이키자" 시인도 신선이 된다. 신선의 눈으로 보는 '청년 거지'는 "예수"(「장가계에서 …」) 였다는 김문수 시인의 따스한 눈길. 시인의'따스함'은 계시적 표시이기도 하다.

> 나무에 귀지가 꽉 차 있으면
> 바람의 소리들이 지나가지 못한다
>
> 바람의 소리들이 지나가지 못한 나무는
> 저 생각으로 가득 차 있다
> 바람이 없는 나무에는 새들도 날아 앉지 못한다
> 나무는 그렇게 저 혼자 바람 없이
> 들판에 서 있으면 지나가는 꽃씨도
> 손을 잡지 않는다
>
> —「귀지가 꽉 찬 나무」 전문

나무에게도 귀가 있고 '귀청소'를 하지 않으면 '귀지가 꽉 차'기도 하는가 보다. 참, 신기한 나무다. 남의 이야기에 귀 기울이는 나무는 '바람소리'를 듣고 새들이 날아와 앉고 꽃씨도 손을 잡는다. 그런데 다른 사람의 이야기에 귀 기울이지 않는 나무는 "저 혼자 바람 없이/ 들판에 서 있어야만" 한다.

“요양원에 봉사하러 온 초등학교 1학년생”이 “사슴곤충을 지키는 곤충 학자가 되”(「사슴벌레의 꿈」)겠다는 꿈 앞에서 시인은, 눈을 감고 어린 시절로 잠깐 여행을 한다. 눈을 뜨면 어느 새 팍팍한 현실. 어린 동심 앞에서 너무도 현실적으로 돌아온 꿈 앞에서, 시인은 “귀지가 꽉 찬 나무”를 본다.

다른 사람과의 관계에서 귀를 여닫는 문제를 ‘나무’에 빗대어 생각하게 된 것이다. 꿈의 지향성으로 본다면 ‘나는 00하겠다’, ‘나는 00하지 않겠다’처럼 미래를 향한 이야기다. 미래를 다독이며 ‘나무’와 동일시하는 시인의 소박한 꿈이 묻어 있다.

> 탁상시계가 고장이 났다
> 시계방에 수리하러 가자 이런 구식 시계는 나오지
> 도 않는다며 고칠 수 없으니 버리라고 한다
> 싸고 새로 나온 시계도 많다고 하며 시계를 쳐다보
> 지도 않는다
> 고물시계 탁상시계가 그동안 만성통증에 시달리며
> 도망치지도 못하고 살았구나 생각하니 내 신세
> 비슷하여 물끄러미 쳐다만 본다
> 시계 밥을 주고 알람을 맞추어 나를 깨워주며 늘 나
> 와 함께한 세월 앞에
> 너도 이제 늙어 가는 줄을 몰랐네

시린 내 무릎을 만지며 이제 연골이 다 닳아 인공관절을 넣으라는
의사의 닦달을 뒤로한 채 집으로 돌아오던 며칠 전이 생각나며
탁상시계와 나의 두 무릎은 고치고 싶지 않는 나의 닮은꼴이네

—「고장 난 탁상시계」 전문

'앞니 두 개 빠진 스무 살 청년 거지'도, '바닥에 앉아 쇠밥그릇으로 구걸하는 스무 살 청년 거지도 신선'(「장가계에서…」)으로 보이던 날 '고장 난 탁상시계를 수리하러 시계방을 찾았다.

"시계 밥을 주고 알람을 맞추어 나를 깨워주며 늘 나와 함께한 세월 앞에/ 너도 이제 늙어 가는 줄을 몰랐"다는 시인. "고물시계 탁상시계가 그동안 만성통증에 시달리며 도망치지도 못하고 살았구나 생각하니 내 신세/ 비슷하여 물끄러미 쳐다만" 보고 있다. "싸고 새로 나온 시계도 많다고 하"지만, "구식 시계" 취급을 받고 "고칠 수 없으니 버리라"고 하지만 "알람을 맞추어 나를 깨워주며 늘 나와 함께한 세월 앞에"서 "이제 연골이 다 닳아 인공관절을 넣으라는/ 의사의 닦달"을 듣는 나와 동일시하고 있다. 어느새 분신이 되어버린 고장 난 시계, 그 '탁상시계'는 반려 사물이 되고 있다.

3. 꿈을 통한 존재 설립

1인 다역 조연배우 같은 김문수 시인. 그 소박한 꿈은 힐링적 매력을 가지고 있다. "시인은 현존재를 그의 근거에 근거 짓는다"(하이데거)라는 이야기에 화답하듯, 그 근거를 '꿈'에서 찾고 있다. 꿈은 존재자를 그것의 진리에로 데려다주어 세계를 존재케 한다. 그것은 시적 언어를 통해 존재의 집, 추억의 집을 짓기도 한다. 시인은 자아 설정이 다채로운 분력을 '꿈의 집'으로 내보이고 있다.

> 어릴 적 새벽 동네 골목길에서
> 망개떡 사려, 하고 외치는 떡장수가 있었다
> 새벽녘 그 소리를 들을 때마다 그 망개잎을 벗기고
> 떡을 먹는 상상을 하며
> 소리가 멀어질 때마다 아쉬워했다
> 그 망개떡이 먹고 싶었는데 엄마에게
> 사달라는 얘기를 한 적이 없다
> 혹시라도 너무 비싸서 못 사주면 엄마가 마음이
> 아파할까 봐서 그랬다 그래도 한번 얘기해 볼 걸 하
> 는 생각이 오십이 넘고 보니 들었다
> 왜냐하면 지금 먹어본 망개떡 맛이 그때 내가 그리
> 던 그 맛인지 맞는지 알 길이 없기 때문이다
> 그냥 그 새벽녘 상상 속의 맛으로 남겨져 있으니

그때 말할 걸 그랬다

—「그때 말할 걸」 전문

'사람은 같은 강에 두 번 목욕하지 않는다'라고 한다. 이미 그 깊이에 있어 인간 존재는 흐르는 물의 운명을 지니고 있기 때문이다. 물은 변하기 쉬운 존재라고 한다. 물은 물론이고 인간뿐만 아니라 인간에게 존재 가치를 가꾸어 주는 꿈의 넓이와 깊이도 변하기 쉬운 존재다. 세월 따라 흐르기 때문이다.

"혹시라도 너무 비싸서 못 사주면 엄마가 마음이/ 아파할까 봐서" "사달라는 얘기를" 하지 못하고 "떡을 먹는 상상을 하며/ 소리가 멀어질 때마다 아쉬워"했던 '망개떡'. "그 새벽녘 상상 속의 맛으로 남겨져" 지천명의 나이에 40년 전 망개떡 맛을 소환한다. "그때 말할 걸", 지금도 늦지 않은 것 같다.

"오십의 제 꿈을 좀 넣어주세요". '3년 만에 핀 매화꽃 네 송이'도, 화정이의'마흔 나이에 가진 아가의 숨소리'도 "봄의 꽃계좌"로 "받고 싶어졌"다. "자꾸자꾸 내 계좌로 받고 싶은 것들이 늘어났"(「봄날의 꽃계좌로 …」)다. '망개떡' 그때 상상 속의 그 맛도 "꽃계좌"에 채워 두고 싶어졌다.

꿈이 없는 나는
산업단지 울산 문수산 정기를 받고 태어났다

문수산 기운을 받아서 서울과 광주 캐나다로
방랑자로 지내다 서른이 지난 33세에 화려한 서울
살이에서
꿈이 생겼다
큰 꿈이다

손바닥만 한 땅이라도 한 평 사서 삼겹살에 소주 한
잔 친구에게 줄 수 있는 사람이 되는 것이다 그리고
시인이 되어 소주잔을 건네며 시 한 수를 읊어 주고
픈 꿈을 또 꾸었다

이제 오십이 되었다
제주 장수마을 금능리에서 시인도 되고 땅도 사서
삼겹살에 소주
한 잔 내놓을 수 있으니 꿈을 다 이루었다 말하고
싶다

나는 생각한다
이 세상에 자신의 꿈을 이룬 사람이 몇이나 될까
그러면서 나 참 대단하지, 말하고 싶어진다
그러니

친구여 벚꽃잎이 바람에 다 떨어지기 전에
소주나 한잔하러 오시게

—「소주 한잔의 꿈」 전문

"공짜와는 거리가 먼 인생/ 내 손으로 일하지 않으면 오백원짜리 복권하나 당첨된 적이 없어 나에게 인생이란 공짜란 있을 수도 없"는 방랑적인 삶에서 이제 정착적인 삶으로 돌아와 성년의 시간이 흘렀다. '공짜 컵라면 하나에 얼굴이 붉어지고 뜨거워지던 날 뜨끈한 물 가득 부어 공짜 컵라면을 건네'(「컵라면」)줄 수 있는 친구가 보고 싶다, "꿈은 다 이루었다"라고. 그러나 경쟁적 삶의 과정에서 그리워만 할 뿐이다. 그래서 '꿈'이라도 꿔 본다. 친구와 마주 앉아 '소주 한잔 하자'면서 히히덕거리는 상상을 해 본다. 그러나 "벚꽃잎이 바람에 다 떨어"져 버리듯 좀 허전함이 묻어 있다.

점방집 주인이 되고픈 때가 있었다
알록달록 고무과자를 마음껏 먹고
지나가는 친구가 보이면 고무과자 한 개씩을 건네
고
친구들과 연탄불에 고무과자 구워서 먹고 싶었다
그렇게 나는 학교 앞 점방집 주인이 되고 싶었다
지금은 사라지고 모양도 세련된 여러 가지 동물 모
양 젤리가 등장하여

새콤달콤 먹어도 보았지만 여전히 촌스러운 무지
갯빛
고무과자를 먹고 싶다
가끔은 점방집 주인이 되어 연탄불 고무과자를 굽
는 꿈을 꾼다
사라져 버린 그 고무과자 덕수궁 옆 서대문 지하철
역에서 찾았다
1봉지에 1300원, 반가운 불량식품 아직까지 살아
있구나
다시 꿈을 꾼다 서대문역 지하철역 점방 주인이 되
어 오가는 사람들에게 고무과자
입에 물려 질겅질겅 추억 속에 씹으며 룰루랄라
출근길 가볍게 가도록

—「점방집 주인」 전문

"알록달록 고무과자를 마음껏 먹고"싶어'점방집 주인'이 되고 싶었던 시절 있었다. '촌스러운 무지갯빛 고무과자를 연탄불에 굽는 꿈을 꾸'던 시절이었다. "알록달록 고무과자를" '지나가는 친구가 보이면 한 개씩 건네고' "오가는 사람들에게 고무과자/ 입에 물려 질겅질겅 추억 속에 씹으며 룰루랄라/ 출근길 가볍게 가도록" 나누고 싶다고 50 나이에 "다시 꿈을" 꾼다.

시인은'천 원 한 장의 따뜻함'을 꿈꾸기도 한다. "자판기에

천 원을 넣고 300원짜리 커피를 눌렀다/ 700원 거스름돈이 그냥 자판기에 저금"해 두었다. "누군가에게 몇 백 원 툭 공짜로 떨어져/ 럭키 데이를 만들어 주"(「럭키 데이 자판기」)기 위한, 누군가에게 "재수 좋은 날"을 만들어 주기 위한, 아주 소소한 분력의 꿈을 꾼다.

김 시인은 늘 꿈을 '나누기 위해' 가동可動할 준비가 되어 있다.

4. 에필로그

"겨울의 입구에서 문득 봄의 얼굴을 잠시 보는 듯"하던 날 누군가에게/ 뜨거움을 전해줄"(「해피 데이」) 준비를 하고 있는 김문수 시인. 시인의 꿈은 물질적인 것 같다. 그 물질은 분력을 위한 '꽃계좌'같은 시적 분신이 되어 꿈으로 실현되기도 한다.

김 시인의 혼은 꿈의 결여에 괴로워하다가 꿈의 닻을 끌어올리고 돛을 올려 생기 넘치는 항해를 하고 있다. 꿈의 무한성에 다가가 '종이컵'에도 자신을 투사하여 "해피 데이", "럭키 데이"를 만들어 줄 꿈의 바다로 나아가기도 한다. 꿈의 진리와 조응하고 있다.

꿈이 잠시 정박하는 '우체통'은, 디지털 시대임에도 어린 조카 알파세대의 아날로그적 손편지가 더 따뜻하게 배달되어 시인의 영혼을 해맑게 닦아주기도 한다.

시인의 꿈은 능동적 자연의 먼 위쪽에 위치하고 있다. 시인은 상상력과 접목하여 꿈의 밀도를 전하고 있다. 그것은 시 작품을 '나무', '새', '꽃', '길', '집', '계절', '친구' 등과 '엄마', '아버지', '동생' 등 가족과 접목하여 '청춘', '추억', '기억', '사랑', '생각'을 꿈의 질서 속에 접목시키고 있다.

김문수 시인의 시적 질서 속에서의 꿈은 매우 능산能産적이고 소산所産적으로 상상하고 있다. 그 꿈은 '명상화' 되기도 하지만 '명상하는' 꿈이기도 하다. 그래서 시적 경험을 꿈의 경험에 예속하듯 꿈을 경작하고 있다.

시인의 꿈은 끊임없이 전환을 가능하게 하는 시적 분신을 찾기 위해 이중의 참여, 욕망과 공포의 참여, 선과 악의 참여, 백과 흑의 작지만 큰 참여가 있어야만 한다. 그래야만 대립 감정의 기회를 갖고 꿈의 가치를 바탕으로 감각적 만물과 조응하게 되기 때문이다. 그렇게 될 때 꿈의 자기磁氣장은 시공간을 초월하여 더 넓은 세계를 향해 노를 저어갈 수 있다. 정박해 있는 꿈의 닻을 끌어올려 꿈의 시간 바다를 향해 분력의 노를 젓고 있다.

김 시인의 시 행간에는 아직도 꿈 많았던 소녀티가 곳곳에 묻어 있었다.

믹스커피가 달달하다

초판 1쇄 인쇄일 | 2021년 6월 10일
초판 1쇄 발행일 | 2021년 6월 17일

지은이 | 김문수
펴낸이 | 한선희
편집/디자인 | 우정민 우민지
마케팅 | 정찬용 정구형
영업관리 | 한선희 정진이
책임편집 | 김보선
인쇄처 | 제삼인쇄
펴낸곳 | 새미
등록일 2005 03 15 제25100－2005－000008호
경기도 고양시 일산동구 중앙로 1261번길 79 하이베라스 405호
Tel 442－4623 Fax 6499－3082
www.kookhak.co.kr
kookhak2001@hanmail.net

ISBN | 979-11-91440-09-6 *03800
가격 | 12,000원

* 이책은 Jeju 제주특별자치도 Jeju Special Self-Governing Province JFAC 제주문화예술재단의 2021년도 문화예술지원사업에 후원을 받아 제작되었습니다.